AF454815

1911 Décembre 4 Rodolphe (Ernest)

RODOLPHE ERNST

CATALOGUE
DES
TABLEAUX
ET
Aquarelles
PAR
RODOLPHE ERNST

dont la vente aura lieu

HOTEL DROUOT — SALLE N° 6

Le Lundi 4 Décembre 1911

à 2 heures 1/2

Me EUGÈNE BAILLY
Commissaire-Priseur
9, Rue Notre-Dame-des-Victoires

MM. J. CHAINE & SIMONSON
Experts
19, Rue Caumartin

CHEZ LESQUELS ON DÉLIVRE LE CATALOGUE

EXPOSITION PUBLIQUE

Le Dimanche 3 Décembre 1911

de 1 heure 1/2 à 5 heures 1/2

CONDITIONS DE LA VENTE

La Vente sera faite au Comptant.

Les acquéreurs paieront *Dix pour cent* en sus des adjudications.

PRÉFACE

Une amitié de trente ans, voilà, je pense, un titre qui me permet d'écrire quelques lignes en tête de ce catalogue. Il y a en effet plus d'un quart de siècle que je connais RODOLPHE ERNST, *et que j'assiste à l'évolution de son talent au sujet duquel les amateurs ne se sont pas trompés. On sait par la longue suite de tableaux importants qu'il exposa au Salon de la Société des Artistes français que* ERNST *est un artiste qui mérite au plus haut point l'attention et le succès.*

Ses voyages en Orient, au Maroc, en Turquie, en Egypte, en Tunisie, ont tourné son inspiration vers le pittoresque des pays visités et vers le caractère des figures qui signifiaient les races des pays du soleil. Mais l'intérêt de ses petits tableaux de chevalet n'est pas moindre que celui de ses grandes pages du Salon et les peintures, qui sont plus loin cataloguées, indiquent nettement que ce peintre, à la vision précise, cherche de plus en plus, sans cesser d'avoir une couleur vibrante, une expression plus simple, ou mieux, plus synthétique.

Je serais tenté de désigner, parmi les œuvres qui m'ont plu davantage, tel ou tel souvenir de Tanger, telle ou telle vue de Constantinople, tel ou tel marchand du Caire, ou même certains tigres qui se recommandent par un mouvement vrai, dû à une parfaite connaissance de l'ostéologie. Mais je craindrais de nuire aux œuvres que j'oublierais et je laisse aux amateurs le soin de choisir, dans cet effort d'art très sérieux, les morceaux qui répondent le plus parfaitement à leurs appétits esthétiques.

Je tiens pourtant, à signaler, d'une façon toute spéciale, quelques aquarelles de l'éminent artiste. ERNST, *depuis longtemps, s'est fait un métier personnel de ces jeux de couleurs où la peinture à l'eau est rehaussée de gouache et de crayons; et les quelques pages inscrites en ce catalogue sont de nature à conquérir sans hésitation les sympathies du public : il y a là de francs éclats, des souplesses de tons et des transparences particulièrement délicates qui relèvent d'une incontestable maîtrise.*

Aussi suis-je convaincu que la vente de tableaux de ERNST *sera pour l'artiste une preuve certaine de l'estime en laquelle on tient son talent : les amateurs qui auront le bon goût de se disputer peintures et aquarelles ne tarderont pas à les entourer dans leur home d'une méritée tendresse.*

L. ROGER-MILÈS.

Le marchand d'esclaves.

TABLEAUX

▣ MAROC ▣

1. *Ébénistes travaillant la mosaïque.*

Bois Haut. 0.24 ; Larg. 0.19.

2. *Fontaine à Tanger.*

Bois Haut. 0.27 ; Larg. 0.22.

3. *Le Narghilé.*

Bois Haut. 0.33 ; Larg. 0.24.

4. *Un Mendiant.*

Bois Haut. 0.27 ; Larg. 0.22.

5. ***Charmeur de serpents.***

Bois Larg. 0.22 ; Haut. 0.16.

6. ***Entrée d'un tombeau.***

Bois Haut. 0.27 ; Larg. 0.22.

7. ***Une visite.***

Bois Haut. 0.41 ; Larg. 0.33.

8. ***Tête de jeune nègre.***

Bois Haut. 0.24 ; Larg. 0.19.

9. ***Entrée de la ville (Tanger).***

Bois Larg. 0.27 ; Haut. 0.22.

10. ***Un passage.***

Bois Larg. 0.27 ; Haut. 0.22.

11. ***Le joueur de tam-tam.***

Bois Haut. 0.41 ; Larg. 0.27.

12. *Une fileuse.*

Bois Haut. 0.27 ; Larg. 0.22.

13. *La toilette.*

Bois Haut. 0.41 ; Larg. 0.33.

▣ TURQUIE D'EUROPE ▣

▣ TURQUIE D'ASIE ▣

14. *Lecture de Coran.*

Bois Haut. 0.41 ; Larg. 0.33.

15. *Médecin ambulant.*

Bois Haut. 0.41 ; Larg. 0.33.

16. *Cimetière de Scutari.*

Bois Haut. 0.41 ; Larg. 0.33.

17. *Prière du matin.*

Bois Larg. 0.41 ; Haut. 0.27.

18. *Fontaine du Sultan Hamed (Constantinople).*

Bois Larg. 0.24 ; Haut. 0.19

19. *Marchand de lait.*

Bois Larg. 0.35 ; Haut. 0.265.

20. *Derviche mendiant.*

Bois Haut. 0.35 ; Larg. 0.265.

21. *Rustem-Pacha (Constantinople).*

Bois Haut. 0.24 ; Larg. 0.19.

22. *Kiosque-fontaine dans une Mosquée.*

Bois Haut. 0.22 ; Larg. 0.16.

23. *Derviche mendiant.*

Bois Haut. 0,80 ; Larg. 0.65.

24. ***Un usurier.***

Bois Haut. 0.27; Larg. 0.22.

25. ***Soir de Ramadan.***

Bois Haut. 0.93; Larg. 0.73.

▣ ÉGYPTE, TUNISIE ▣

▣ ▣ ESPAGNE ▣ ▣

26. ***Jeune Égyptien.***

Bois Haut. 0.24; Larg. 0.19.

27. ***Marchand de fleurs (Le Caire).***

Bois Haut. 0.41; Larg. 0.33.

28. ***Les Moucharaby (Le Caire).***

Bois Haut. 0.24; Larg. 0.19.

29. *Une rue (Le Caire).*

Bois Haut. 0.24; Larg. 0.19.

30. *Le Marchand de beignets (Le Caire).*

Bois Larg. 0.33; Haut. 0,24.

31. *Les deux mendiants (Tunis).*

Bois Haut. 0.41; Larg. 0.33.

32. *Fontaine à Rhadès (Tunisie).*

Bois Larg. 0.27; Haut. 0.22.

33. *La cour des lions (Grenade).*

Bois Larg. 0.33; Haut. 0.24.

34. *Ancienne Mosquée (Toledo).*

Bois Larg. 0.24; Haut. 0.19.

35. *L'Alhambra (Grenade).*

Bois Haut. 0.33; Larg. 0.24.

Un usurier.

36. *Bibelots (Le plat de cuivre).*

Bois Haut. 0.41 ; Larg. 0.33.

37. *Bibelots (Le brûle-parfums).*

Bois Haut. 0.41 ; Larg. 0.33.

39. *Le marchand d'esclaves.*

Bois Haut. 0.93 ; Larg. 0.73.

40. *En danger.*

Bois Haut. 0.93 ; Larg. 0.73.

41. *Tête de tigre.*

Bois Haut. 0.24 ; Larg. 0.19.

42. *Tigre à l'affût.*

Bois Larg. 0.33 ; Haut. 0.24.

43. *Tigre au repos.*

Bois Larg. 0.33 ; Haut. 0.24.

44. *Tigre dévorant sa proie.*

Bois Larg. 0.27 ; Haut. 0.22.

45. *Femme à la digitale (panneau décoratif).*

Bois Haut. 0.45 ; Larg. 0.23.

46. *Femme aux roses.*

Bois Haut. 0.45 ; Larg. 0.23.

47. *Femme aux pavots.*

Bois Haut. 0.45 ; Larg. 0.23.

48. *Femme aux iris.*

Bois Haut. 0.45 ; Larg. 0.23.

49. *Femme aux cactus.*

Bois Haut. 0.45 ; Larg. 0.23.

50. *Les bleuets.*

Bois Haut. 0.33 ; Larg. 0.25

En danger.

51. *Le bouquet.*

Bois Haut. 0.27 ; Larg. 0.22

□ □ □ □ □

AQUARELLES

52. *Le duo.*

53. *Le charmeur d'oiseaux.*

54. *Gardien de Harem.*

55. *Raccommodeur de tapis.*

56. *Le maréchal ferrant.*

57. ***Surprise désagréable.***

58. ***Leçon du Coran.***

59. ***Le maître.***

60. ***Un savant.***

61. ***Entrée bien gardée.***

www.ingramcontent.com/pod-product-compliance
Ingram Content Group UK Ltd.
Pitfield, Milton Keynes, MK11 3LW, UK
UKHW021045260726
13994UKWH00005B/2361